KB076885

너도 그러니?
나도 그래

너도 그러니?
나도 그래

박효주 에세이

오픈하우스

소극장 연극 공연을 하고 있을 때였어요.
사랑했던 남자와 이별하는 슬픈 장면이었죠.
마지막으로 식사를 하며 우리가 처음 함께 밥을 먹던 날을
떠올리는 장면이었는데, 맨 앞줄의 한 여자 관객이
두 손으로 얼굴을 가리고 어깨를 들썩이며 울고 있었습니다.

다가가 그 들썩이는 어깨를 안아주고 싶었지만
공연을 잘 끝내는 것이 그녀의 어깨를 안아주는 일이라
더욱 집중하며 그날의 공연을 마쳤습니다.

커튼콜 때 밝아진 조명 덕에 그분의 얼굴이 자세하게 드러났고
미소를 지으며 박수를 쳐주시는 모습에 괜한 뭉클함을 느꼈습니다.
한동안 서로를 바라보며 서로에게 박수를 보냈던
그날의 진한 감동이 저에게는 오래 남아 있어요.

타인인 우리가 하나의 이야기에 함께 공감하며 울고 웃고
따뜻한 미소를 보내는 것은 참 값지다는 생각이 들어요.

조금 더 용기를 내어
어느 이야기 속 배역을 맡은 배우로서가 아닌
오로지 나의 이야기를 당신과 나누고 싶어 말을 걸어봅니다.

———————————————————————

나의 이야기가 당신에게 잘 전달이 되어, 그래서 당신이

"너도 그러니? 나도 그래."

하며 공감해주고
이 책을 덮을 때 따뜻한 미소를 짓게 된다면
그건 참 근사한 일이 될 것 같아요.

———————————————————————

자연이 아름다운 그곳에서,

그 속에서 떼나 많은 하루를 밟았습니다.

꿈 많던 어린 시절을 그리며,
상트페테르부르크로 향했습니다.

겨울이었네요.
새벽이었죠.
바다로 향했습니다.
결국 배우를 그만두기로 마음을 정했고
마지막으로 그 마음을 바다 앞에서 정리하고 싶었습니다.

서른이라는 숫자가 곧 다가올 스물아홉 살의 겨울.
여자로서 배우로서 많은 고민이 생기던 시간이었죠.

캐스팅이 점점 되지 않아 더 이상 앞날을 그리기가 어려웠어요.
생활고도 당연히 생기기 시작했고 이런 식이라면 나중에 내가 배
우라는 직업을 택한 것을 후회할 거란 생각이 들었습니다. 캐스
팅이 되면 행복하고 그렇지 않으면 불행하고 오르락내리락 그네
를 타는 듯한 그런 생활에 지칠 대로 지쳤던 것 같아요. 그 그네
에서 이제는 내리고 싶은 생각이 간절했습니다.

어쩌면 가장 힘들었던 것은 10년 가까이 이 일을 해왔는데도 늘 마
음속에 '내가 배우일까?' 하는 물음표가 떠나지 않는 것이었어요.

−제 직업은 배우입니다.
−배우 박효주입니다.

어디 가서 이런 말을 내뱉기가 왠지 모르게 부끄럽기만 했죠.
나 스스로 자신이 없었어요. 나를 믿지 못했던 거죠.
마치 의식을 치르듯이
내가 지을 수 있는 가장 심각한 표정을 지으며

세상 끝난 사람 같은 모양새로
눈 덮인 하얀 모래사장을 걸으며 혼잣말을 했어요.

–저 이제 그만할래요. 저는 여기까지인 것 같아요. 긴 말 할 것 없이 저는 포기하겠습니다. 이게 최선이에요.

아주 심오한 목소리로 그 말들을 바다 앞에서 내뱉었어요.
바다는 고요했습니다.
그 고요함이 오히려 다행이라는 생각이 들었죠.

이제는 집으로 돌아가야겠다는 생각이 들어 차편을 알아보기 위해 꺼놓았던 핸드폰을 켰습니다. 핸드폰을 켜자마자 부재중 전화가 매니저로부터 여러 통 와 있었어요.

"누나 어디세요?"
"나? 강원도 바다."
"언제 와요?"
"그건 왜?"
"예전에 오디션 봤던 「완득이」영화사에서 연락이 왔는데 누나가 됐대요. 제일 마지막으로 캐스팅 돼서 진행을 좀 빠르게 해야 할 것 같다고 내일 바로 영화사로 올 수 있냐고 하는데요?"
"그래? 나 지금 가, 서울!"

전화를 끊자마자 잠시 동안은 멍해졌어요.
그러다 곧 세상에서 제일 행복하고 신이 나는 사람이 되어서
폴짝폴짝 뛰기 시작했죠. 막 소리도 질렀던 것 같아요.

너무나 신이 나서.

그러다 빨리 가야겠단 생각에 발길을 서두르다 뒤돌아 바다를 바라봤습니다. 순간 너무 부끄러웠어요. 불과 10분 전에 배우를 그만두겠다느니, 그동안 수고가 많았다느니 하며 내가 내뱉은 말들이 생각이 났죠. 큰 각오도 아니었고 불평이었다는 것을 깨달았습니다. 단순한 불평. 너무 갖고 싶은 선물을 지금 당장 못 가져서 불평하는 어린아이같이 말이죠.
나는 여전히 뜨겁게 배우를 꿈꾸고 있었고 연기만이 내가 가장 행복해하는 것이라는 걸 다시금 깨달았습니다. 잠시 가던 길을 멈추고 바다를 바라보며 다짐했어요.

-네, 정말 마지막이에요. 배우 생활이 마지막이라는 것이 아니라 이 불평이 마지막이에요. 다시는 이런 불평하지 않을 거예요. 감사합니다. 정말 감사합니다!

그 이후로 불평은 나에게 금지였고 '배우를 그만둘까? 내가 배우일까?' 하는 물음표는 사라졌습니다. '나는 배우야!' 하며 느낌표 찍는 감탄사까지는 아니더라도 '나는 배우다.'라는 마침표는 정하고 살아가게 되었습니다.

더 이상 물음표가 아닌 마침표를 찍고 나를 믿으며 작업을 하다 보니 결과를 떠나 작업을 하는 과정에 행복을 찾게 되었던 것 같아요. 물음표일 때는 누군가의 시선들에 많이도 휘둘렸던 것 같은데 말이죠. 물론 모든 과정이 쉽지만은 않고 늘 장애물이 존재했지만 그 자체를 즐기는 깜냥도 제법 생겼습니다.

나는 잊지 않습니다.
그날의 바다를.

나는 지금 정류장에 서 있어요.
그것뿐이에요.

난 조금 전에 이곳에 도착했을 뿐
아직 이곳이 도착지는 아니에요.

다음의 행선지는 내가 선택하면 돼요.

–빨리 나이 들고 싶어요.
–삼십대가 되고 싶어요.

이십대에는 늘 이런 말을 하고 다녔어요. 신선하고 패기 넘치는 이십대 신인 연기자를 기대하며 인터뷰 하러 오신 기자님 앞에서도 "저는 어서 늙고 싶어요"라고 말했었고, 그 말이 메인 타이틀이 되어 기사로 나오기도 했었죠.

나는 이십대가 참 불편했어요. 많이도 불안했지요. 완벽하지도 못하면서 완벽한 척하려다 모자란 모습이 들켜 그 마음이 초라해져 숨기도 하고 그럴수록 불안은 더욱 커지기만 했고 나의 시야는 좁아져만 갔죠. 마치 안개 속에 갇혀서 내가 어디서 어떻게 서 있는지 모르는 상태, 안개가 걷히면 흔들리는 돌 하나에 겨우 몸을 맡기고 지탱하고 있을지도 모른다는 불안감, 안개가 불안한 건지 흔들리는 돌이 불안한 건지 그것조차도 분간이 안 되었던 시간들. 막연히 서른 살이 넘으면 그것이 없어질 거라고 생각했어요. 아니, 너무나 바랐다는 것이 더 솔직한 표현이겠네요.
어쩌면 "빨리 나이 들고 싶어요", "삼십대가 되고 싶어요"는 "너무 불안해요", "삼십대가 되면 그것이 좀 없어지지 않을까요?"라는 말과 같은 뜻이었는지도 몰라요.

삼십대가 된 지금 그때의 나와 지금의 나를 바라봅니다.
"드디어 네가 원하던 시기의 나이가 되었는데 너는 어떠니?"
하고 스스로에게 질문을 던져 봅니다.
나는 어떤 답을 할 수 있을까요?

얼마 전, 누군가가 나에게 이렇게 물었어요.

"너는 춤을 배우고 그림을 그리고 도자기를 굽고 기타를 치고 참 부지런하게 사는 것 같아. 어디서 그런 에너지가 나오니?"
"불안해서."

나는 그렇게 대답했어요.
그래요. 이십대에도 삼십대에도 나의 불안은 사라지지 않았습니다. 그러나 조금 달라진 것이 있다면 이제는 '어서 나이 들고 싶어요. 사십대가 되고 싶어요' 하며 막연한 미래로 나를 도망가게 하지는 않는 것 같습니다. 채워지지 않는 불완전함을 있는 그대로 받아들일 조금의 여유도 생겼고요.

지난 시간을 돌아보니 그 불안은 나를 게으르지 않게 하였고 또 나를 지치지 않게 만들어주었음을 깨닫게 된 것 같아요. 그것이 존재해야 하는 이유를 인정하고 받아들이니 마음이 한결 편해졌어요.

안개도, 흔들리는 돌도, 중요한 게 아니었어요. 안개가 걷힌 후 흔들리는 돌 위에 서 있는 나를 발견하더라도 균형을 잘 잡는 근육들이 꽤나 생긴 듯하니 불안한 돌에 마음을 빼앗기기보다는 오히려 나의 근육에 불끈 힘을 주어봅니다.

"당신을 사랑하세요.
그다음에 나랑 사랑해요."

새로운 사랑 앞에 설렘보다는 두려움이 먼저 생기던 나에게
당신은 이렇게 말했습니다.
성급하게 나의 마음을 요구하지 않았고
당신이 나를 얼마나 사랑해줄 수 있을지
어설프게 맹세하지 않았어요.

그 대신 "당신을 사랑하세요"라고 먼저 말해주었습니다.

뾰족하게 모나 있는 나의 모습이 들킨 것 같아 조금은 부끄러웠지만
그렇게 말해주는 당신이 참 고마웠습니다.

나를 참 미워했습니다.
나를 사랑해주지 못했죠.
언제부터 나는 나를 사랑하지 않았을까
돌아보게 되었습니다.

그냥 다 내 탓이다 생각하는 것이 마음 편하다고 생각했어요.
사랑도 일도
어렵게 잡은 손을 놓아야 할 때도
내가 부족해서 그러한 것이고
나에 대한 오해를 가지고 있다 해도
나의 행동 무엇이 그렇게 비쳤겠지, 하고 나를 괴롭히는 것이
억울해하고 미워하는 마음보다 나은 듯했지요.

그러나 그 방법은 성급했는지 몰라요.
오히려 나를 미워하는 마음만 커졌습니다.

새로운 사랑 앞에
어쩌면 나는 또다시 나를 미워하게 될까 겁부터 났었나봐요.

당신의 그 한마디는 나조차도 부르지 않았던
나를 불러내는 말이었어요.

나를 사랑하게 되면
조금 나은 사람이 될 수도 있을 것 같았고
어쩌면 다시 사랑을 할 수 있을 것 같다는
작은 용기가 생겨났습니다.

사랑하고 싶어졌습니다.
나도
당신도.

어린 시절, 더 정확히는 일곱 살 때, 신문 광고에서 연기학원생 모집 공고를 보고 -특히 '아역배우 모집'에 눈이 커져- 그 학원에 전화를 걸어 학원비를 물었어요. 엄마에게 연기학원을 보내달라고 했습니다. 학원비는 얼마이고 그곳의 위치는 대방동이며 여기는 상계동이니 지하철을 이용하면 엄마 없이 나 혼자서도 다닐 수 있다고 자신 있게 말했죠. 갈아타는 곳까지 상세하게 이야기했습니다.

그러나 엄마의 대답은 "안 돼."

어린 시절, 더 정확히는 열한 살 때, 엄마가 "길에 누가 이걸 버렸더라" 하시면서 액자 하나를 가지고 오셨어요. 거실에서 부엌으로 가는 벽에 걸어두면 잘 어울리겠다 하시면서. 흑백사진이 들어 있는 검은 프레임의 액자였죠. 그 사진 한 장이 나의 마음을 완전히 훔쳐갔습니다. 무언가에 홀린 듯이 저는 그 사진만 보면 기분이 좋아졌어요. 사진 속 여자의 정체가 궁금해 엄마에게 물어보았습니다. 요정 같은 의상과 신기한 신발을 신고 춤을 추는 그 직업을 '발레리나'라고 부른다고 하더군요.

발레.
그것이 인지된 순간 학교로 등교하던 길에 있던 무용학원이 너무나도 크게 보이기 시작했습니다. 매일을 지나쳐도 보이지 않았던 건물과 간판이 말이죠. 이번에는 엄마에게 지금 다니는 속셈학원비와 무용학원 단체 레슨비는 같으니 속셈학원 대신 보내달라고 제안을 합니다.
웬일인지 이번에는 엄마가 알겠다고 하십니다. 단 성적을 떨어뜨리지 않는 조건이었죠.

그렇게 시작한 발레.
참 행복했습니다.
정말 좋아했습니다.
발레를, 발레리나가 된다는 그 꿈을 말이죠.

그러나 다시 어린 시절, 더 정확히는 열여덟 살 겨울, 더 이상 발레를 할 수 없게 되었습니다. 발레를 잘할 수 있는 몸의 상태가 아닌 것도 알게 되었고 집안 형편도 나의 꿈을 뒷받침해 줄 수 있는 상황이 되지 못했죠.
그 시절 제가 다닌 고등학교는 단발머리가 교칙이었어요. 예고가 아닌 인문계 학교에서 무용을 하던 저는 무용을 그만둔다는 결론을 내리고 머리를 자릅니다. 아니 잘립니다.
'나의 꿈은 잘렸다'고 나는 생각했습니다.

그러나 한 문이 닫히니 새로운 문이 또 열리더군요.

처음에는 우연히 한 인연을 만나게 되어 시작한 배우 일이었는데 점점 욕심이 나기 시작했어요. 이 일이 너무나도 궁금해졌지요. 굉장한 끌림이었어요.

그렇게 배우의 길을 어슬렁거리고 있을 때, 좋은 기회로 세종문화회관에서 뮤지컬 공연을 하게 되었는데 기분이 참 묘했어요. 발레리나를 꿈꾸던 그 시절 발레공연을 보러 자주 가기도 했고 '나중에 꼭 훌륭한 발레리나가 되어서 저곳에서 공연을 해야지' 하며 꿈을 꿔오던 그 극장에서 배우라는 직업으로 공연을 하게 되니 말이죠.

그때 공연을 하면서
일곱 살의 나
열한 살의 나
열여덟 살의 나
그리고 그 당시 스물셋의 내가 겹쳐졌어요.

열여덟 그 당시에는 내 꿈이 잘렸다고 생각했는데, 돌아보니 배우가 되기 위한 과정이었구나, 결국엔 한길이었구나, 하는 생각이 들었습니다. 퍼즐 조각들이 한 개 두 개 모여 조금씩 나의 삶의 그림 퍼즐을 완성해 나간다는 생각과 함께 말이죠.

지금도 가끔은 내 손에 쥐어진 알 수 없는 퍼즐 한 조각이 내 것이 아닌 것 같고 이해가 되지 않는 상황들이 펼쳐져 버리고 싶을 때도 있지만, 오랜 시간이 지난 뒤 완성된 그림 퍼즐 앞에 서서 그 이해 안 되던 시절의 조각을 유난히도 들여다보며 미소 지을 나를 기대해 봅니다.

촬영장에서는 대기 시간이 참 많아요.
그 시간에 책을 많이 읽게 되었던 것 같아요.

계속해서 대본만을 보는 것도 조금은 지치는 일이었고, 어떤 스
토리 안에서 작업을 하는 중이기에 다른 소설을 읽기에는 머리
와 마음이 어수선했죠. 그럴 때 가장 많이 접했던 책의 장르가 에
세이였던 것 같아요. 특히 여행에세이들.

긴 대기 시간을 카니발 자동차 안에서 여행에세이를 읽으며 보
내면 잠시나마 여행을 하고 있는 듯한 기분이 들어 꽤 달콤했고
그것이 저에게는 가장 좋은 휴식이 되었지요.

사실 돌아보면 저는 어디론가 홀연히 떠날 줄 모르는 사람이었
던 것 같아요.

한동안 여행은 나에게 사치라고 생각했던 적도 있었죠. 아마도
그런 생각을 하며 지낸 이유는 불안감이 컸기 때문인 듯해요. 배
우라는 직업이 선택받아야 할 수 있는 직업이기도 하고 일정을
조율하기 힘든 신인 시절에는 더욱 그러했죠. 몇 번 여행을 시도
했다가 갑자기 생긴 스케줄로 무산된 경험들이 있다 보니 그런
마음들이 더 커졌던 것 같아요.

그럴수록 여행에세이는 나에게 여행 티켓 같은 존재들이 되었어
요. 잠시나마 나를 여행의 시간으로 인도해주는.

그러고 보니 촬영할 때 타고 다니는 '카니발' 자동차의 이름도 참
로맨틱해 보입니다. 여행 티켓을 들고 카니발 축제에 있는 나.
긴긴 대기 시간도 그런 생각을 하다 보면 달콤해지기 마련이죠.

그랬나봅니다.
나의 여행은 거기서부터 시작되었나봐요.

끊임없는 소통과 관계에 지쳤을 무렵,

구바로 떠났습니다.

참 잘 지내지 못했습니다.

덥기도 많이 더웠고
음식도 맞지 않아 고생을 했습니다.
쿠바로 오기 전 읽었던 어떤 책에서
쿠바의 음식이 얼마나 형편없는지를
'쿠바 사람은 혀가 없다'라고 표현한 글을 읽으면서도
'설마 그 정도겠어? 나는 어느 곳에서도 적응을 잘해'
하며 가졌던 마음에 벌이라도 받듯
과일 외에는 딱히 입에 맞는 음식이 없었어요.

가장 쿠바스러우며 보기에는 그럴싸해 보이는 올드카마저도
뿜어내는 매연 냄새를 계속 맡고 있다 보면
그 옆을 지날 때마다 인상이 찌푸려졌지요.

무엇보다도 힘들었던 것은 회색빛.
이곳 거리도
사람들의 표정도
회색빛.
삶에 찌들어 살아가는 듯한 건조한 눈빛들이
나를 더욱 힘들게 했어요.

그러고 보면
쿠바로 향하기 전 나의 마음은
그 어떤 여행지보다 설레었던 것 같아요.

강렬한 색감
심장을 두드리는 그곳 음악의 리듬
경험하지 못한 남미에 대한 환상
체 게바라의 혁명의 온도가 남아 있을 듯한 열정의 도시
헤밍웨이가 사랑한 이곳 La Habana!

낭만의 또 다른 혁명이 나를 반기리라 부푼 꿈을 가진 채
경유도 많이 해야 하고 비행시간도 상당한 힘든 여행길이었지만
나의 발걸음은 깃털처럼 가벼웠습니다.

그러나 현실은 상상과는 많이 달랐어요.
많은 여행을 다니면서 이렇게 적응을 못한 곳이 있었나 싶고
괜한 투정만 늘어놓고 있는 제가 한심해 보였습니다.

바래진 벽에 그려진 체 게바라의 얼굴을 보며 저는 생각했죠.

'혁명을 기대하며 찾아왔지만
나를 맞이하기엔 이곳은 너무 지쳤어요.
빛바랜 체 게바라의 얼굴처럼……'

여행지에 가서 그 나라의 춤을 배우는 것을 참 좋아해요.
관광을 하고 여러 도시를 훑어보는 것에 그치는 것이 아니라
그 도시에 머물며 원래 그곳에 사는 사람처럼 살아가며
한두 달 춤을 배워 보는 것.

관광을 하며 기념품을 사는 것도 좋지만
그 나라의 춤을 배우게 되면
내 몸에 그 나라를 새기는 느낌이 들어
시간이 흘러도 더욱 재밌었던 기억으로 남지 않을까 생각했거든요.

쿠바의 춤, 살사.

생각보다 적응하는 것도 힘들고
무엇보다 음식이 너무 안 맞아 몸 상태도 영 좋지 않았죠.
하지만 힘들게 이곳까지 와서 불평만 하고 있을 순 없었습니다.
몸을 일으켜 살사를 배울 수 있는 곳이 있어서 찾아가 보았습니다.

건물 1층에서부터 들리는 음악소리가
나의 마음을 조금은 가볍게 해주었죠.
마치 나를 반겨주듯이 그 음악이 경쾌하게 들렸습니다.

삐거덕거리는 나무 계단을 올라 2층에 도착하니
많은 무용수들이 춤을 추고 있습니다.
열기가 느껴집니다.
며칠 동안 건조하게 말라가던 나의 마음에도
조금씩 열기가 차올랐습니다.

쿠바의 리듬이 나에게 조금씩
조금씩 들려옵니다.

살사의 뜻은 '소스'

소스의 사전적 의미는
'요리에 맛을 돋우기 위하여 넣어 먹는 걸쭉한 액체'

이번 나의 여행의 의미로는
'여행에 맛을 돋우기 위하여 넣는 걸쭉한 리듬'

uno dose tres
uno dose tres

한국에서 살사의 몇 동작을 배워갔지만
여기서는 그렇게 외워 온 동작들이
오히려 제 발을 묶어놓게 만들었어요.
외운 안무로 몸을 움직이는 나와는 달리
이들은 음악을 느끼며 즉흥적으로 몸을 움직이죠.
당연히 호흡이 맞지 않았어요.
살사는 파트너와 함께 호흡하며 추는 춤인데 말이죠.

외운 스텝이 꼬일까봐 노심초사하는 나에게 파트너가 말합니다.

"생각하지 마세요.
미리 예상하지 마세요.
내가 이끄는 대로 믿고 따라와요."

파트너를 불편하게 만들었다는 부끄러움이 밀려왔어요.
조금씩 용기를 잃어가는 저에게
파트너는 미소와 함께 다시 손을 내밉니다.
다시 용기 내어 그의 손을 잡고 몸을 움직여 봅니다.

그러다 문득 이런 생각이 들었어요.

다름에 대한 경계
어설픈 판단 그리고 어설픈 확신.

이곳에서 적응하지 못하며 피곤했던 이유는
날씨도 음식도 황폐한 도시 풍경도 아니라

어쩌면 나 자신 때문이라는 생각 말이죠.
있는 그대로를 바라봐야 하는데
내가 보고 싶은 것만 보려 했던 거예요.
지나치게 내 시선을 강요함으로써
오히려 내가 나를 지치게 했던 것이죠.

이 도시는 나의 손을 잡고
끊임없이 리듬에 맞추어 나를 움직이려 하는데
나 혼자 어설프게 외운 동작들을 예상하며
미리 발을 뻗고 있는 꼴이었죠.

춤을 추다 피식 하고 웃음이 나왔습니다.
이곳에 와서 처음으로 짓는 편안한 웃음이었어요.

파트너의 손을 잡고 그의 눈을 바라보며
온몸에 힘을 뺍니다.
그리고 그가 이끄는 대로 움직이며
그 순간순간에 교감을 느낍니다.

그제야 쿠바가 나에게 이야기하기 시작합니다.
아니, 이제야 내가 듣기 시작합니다.

이번 여행에서 나에게 살사에 대해 많은 것을 알려주고
또 나의 파트너가 되어준 알폰소 할아버지가 이렇게 말했어요.

"우리는 음악의 아들과 딸들이야."

태어날 때부터 부모님이 그렇게 말씀해주었다고 해요.

정말이지 쿠바인들은 춤을 잘 춥니다.
남녀노소 할 것 없이 살사 리듬에 허리를 움직이며
춤을 추는 것을 보고 있으면 절로 흥이 나지요.

오늘도 거리에서 춤을 추고 있는 한 아이를 보며
알폰소 할아버지의 말이 떠올라 고개를 끄덕였습니다.

그는 이야기했다.
아바나는 헤어진 옛 애인을 만나는 것 같다고.
빛바랜 거리들
빛바랜 추억들.

쓴웃음을 지으며 말라콘 해변에 서서
석양에 비친 아바나의 모습을
조금은 아프게 바라보던 그의 얼굴이 떠오른다.

석양에 드러나는 아바나, 그녀의 얼굴
추억을 머금은 그녀의 눈빛.

'그러게 잘 지내지.
이왕이면 보란 듯이 잘 사는 모습으로 있어주면 좋잖아.'

조금은 어색하게
조금은 쑥스럽게
그러나 어쩔 수 없는 반가움을 감추지 못하는
붉어진 그녀의 얼굴.

그와 그녀는 그렇게 서로 한참을 바라본다.

"한글로 너의 이름을 적어줄게, 파블로."

기대에 찬 파블로가 내 입과 노트를
호기심 가득한 눈빛으로 번갈아 봅니다.

PABLO, 알파벳으로는 다섯 글자인데
한글로는 파, 블, 로, 세 글자.

글씨가 쓰이다 세 글자에 멈추니
조금은 아쉬운 표정으로 이렇게 말합니다.

"too short······"

짧게는 느껴졌지만 파블로도 새로 알게 된 한글 이름이 재밌는지
계속 노트를 바라보고 웃습니다.
그림 그리듯이 한글을 써보기도 하지요.

쿠바에서 운전사 일을 하는 파블로는
이번 여행의 운전을 맡아주었어요.

결혼한 지 몇 년 되었냐고 물어보았을 때
대답 대신 자신의 왼손 약지에 끼고 있던 결혼반지를 빼서
짙은 반지 자국을 보여주며 그 시간을 짐작하게 해주었던,
아마도 내가 본 바디랭귀지 중
가장 로맨틱한 바디랭귀지를 보여주었던 그.

햇볕에 그을린 손에 유난히도 선명하게 보였던 하얀 반지 자국.
너무나도 아름다웠던 손.
그리고 그것을 자랑스러워하는 그의 표정.
많은 대화를 나누지는 못했지만 그 손과 표정에서
그 사람의 온도가 전해집니다.

운전할 때 핸들 위에 얹혀 있는 그의 손에 끼워진 반지가
햇볕을 받아 유난히도 반짝입니다.

이번 여행에서 함께한 특별한 인연이 있어요.
한국말 아니 북한말을 참 잘하는 쿠바 여자 마히라.
지금은 망명하여 미국 국적을 가진 그녀는
쿠바를 소개해주는 안내자가 되어 주었죠.

웃음소리도 크고 성격이 좋은 덕에
빠른 시간 안에 친해질 수 있었어요.

한번은 바라데로로 가는 차 안에서 많은 대화들이 오가던 중
그녀에게 이곳을 떠나게 된 이유를 물어보았습니다.
개인적인 일인 듯하여 그동안 쉽게 묻지 못했었는데
쿠바의 지난 역사와 망명에 관한 이야기를 하다 보니
산증인인 그녀의 이야기를 안 들어볼 수가 없었죠.

왜 쿠바를 떠났냐고 물었습니다.
그녀는 이렇게 대답했어요.

"나는 엄마니까요."

딱히 예상한 답변이 있었던 건 아니었지만
그건 전혀 예상하지 못한 답이었어요.

"나는 조국을 버렸어요. 도망쳤지요.
하지만 시간을 돌이킨다 해도 나는 똑같은 선택을 할 거예요."

고등학교 시절 우등생으로 선발되어 김일성대학을 다닌 그녀.
쿠바의 엘리트 여성으로 불렸고
사회주의 이념은 어린 시절부터 세뇌받아
인이 박이게 들었던 그녀가 조국을 버리고 망명을 하게 된 이유가
자신은 엄마이기 때문이라고 말했습니다.
자신은 이 사회가 만든 거짓에 속고 살아갈 수 있지만
내 아이들이 이곳에서 노예처럼 사는 것은 용납할 수 없다고 했어요.
그래서 자신은 조국을 버렸다고.

그녀는 담담하게 말하려고 애쓰는 것 같았지만
거칠어지는 호흡은 감추지 못했어요.

차 안에 무거운 기운이 맴돌았습니다.
황급히 고개를 창가로 돌리는 그녀의 두 눈에 눈물이 맺힘을
우리 모두가 알고 있었습니다.
다들 아무 말 하지 않고 모른 척해 주었어요.
그것이 우리가 할 수 있는 최소한의 배려라는 생각이 들었지요.

며칠 전 그녀와 함께 모로 성 위에 올라가 아바나 시내를 바라봤어요.
어린 시절의 이야기를 해주며 한참을 아련하게 아바나를 바라보던
그녀의 눈빛이 생각납니다.

웃음소리가 경쾌한 마히라.
아바나의 골목마다 어린 시절 그녀의 웃음소리가 들리는 듯했어요.

쿠바 여행을 하며 그녀가 알려준 글귀가 떠오르네요.
이름은 기억이 안 나지만 쿠바의 어떤 작가가 한 말이라고 했죠.
여행 내내 많이도 읊조렸던 이 글귀.

"해결할 수 있는데 왜 울어.
해결할 수 없는데 왜 울어."

더 이상 나를 사랑하지 않는다면
예전에 사랑했었다는 게 무슨 의미가 있나요
이미 지나간 사랑은 더 이상 기억되어서는 안 되겠지요
먼 옛날, 나는 당신 인생의 꿈이었는데
지금은 과거를 의미할 뿐이고
나는 그때와 같아서는 안 되지요

누구라도 원하는 일들이 이루어질 수 있다면
당신은 20년 전과 똑같이 나를 사랑하겠지만
사라져가는 사랑을 우리는 슬프게 바라봅니다
우리를 스쳐간 사랑은
쓸쓸히 부서져버린 영혼의 한 조각일 뿐
쓸쓸히 죽어가는 영혼의 한 조각일 뿐

영화 「부에나 비스타 소셜 클럽」에서
지금보다 젊은 오마라 할머니는
<Veinte Anos(20년)>를 부르며 거리를 걷습니다.
지나가는 쿠바 여인들이 오마라 할머니를 반가워하며
함께 이 노래를 따라 부르죠.

말라콘 해변에서 흥얼거리며 자주 듣던 이 노래.
한국에 돌아와서도 쿠바가, 아바나가 그리워질 때면
이 노래를 듣습니다.

"무슨 색을 좋아하세요?"라고 물으면
"주홍색이요"라고 답합니다.

"왜요?" 하고 다시 물으면
"'석양의 색'이라서요" 하고 덧붙이죠.

쿠바에 가서 무엇을 가장 보고 싶은지
누군가 나에게 물었을 때도 '석양이 지는 것'이라고 답했어요.

그러고 보면 어릴 때부터 석양을 좋아했어요.
분주하던 낮의 시간이 밤으로 바뀌며 차분해지는 마음과 함께
주홍색 하늘이 어우러져 마음에 들었나봐요.

사춘기가 지나 스무 살 즈음에는
만약 내가 죽음의 시간을 택할 수 있다면
석양이 지는 시간이었으면 좋겠다고
마치 비밀을 말하듯이 친한 친구에게 속삭이기도 했지요.
아침은 잠에서 깬 지 얼마 되지 않아 삶을 마감하기에 아쉬울 것 같고
밤은 지금도 가끔 무서우니
그때도 무서울 것 같다는 이유를 들어서 말이죠.

지금은 특별한 이유를 만들고 싶은 생각 없이
그냥 버릇처럼 당연하게 그것이 좋습니다.
하늘에 주홍빛 물감이 퍼져나가는 그 순간이 말이죠.

말라콘 해변의 석양은 정말 인상적입니다.
회색빛 아바나도 그 시간이 되면 석양이 묻어
마치 주홍빛 분을 바른 듯한 발그레한 얼굴로 미소를 지어요.

Cuba
대서양과 카리브 해 중간의 나라
빨강과 노랑 중간의 색
나는 단지 그곳의 석양이 보고 싶었습니다.

거짓말처럼 사라진 기분입니다.
선명하던 기억들이 흑백사진으로 순식간에 변해버렸어요.

쿠바를 떠나는 비행기 안에서
여권에 쿠바의 기록이 없는 것을 알게 되었죠.
미국의 적성국인 탓에 쿠바 정부는
여행객 여권에 출입국 기록을 남기지 않는다고 합니다.
그것도 마음이 헛헛한데 심지어 미국 입국 심사 땐
쿠바 여행에 대해 말을 하지 말라고 합니다.
괜히 가방 검사 한 번 할 것을 두세 번 할 것이고
질문도 많아질 거라고요.

속이 상합니다.
잘못한 거 하나 없는데 뭔가 떳떳지 못한 애인을 숨겨야 하는 듯해
기분 나쁜 심통도 생겼지요.
그 기록이 뭐라고 서운한 마음이 배가 됩니다.

10년 전 쿠바 여행을 했던 친구가
내가 쿠바로 떠날 때 그런 이야기를 해주었어요.

돌아보면 불편함투성이였는데
참 묘하게도 자꾸만 생각이 나는 곳이라고
시간이 흐를수록 그리워지는 곳이라고.

쿠바에서 적응을 못하고 지내는 기간에 그 친구의 말을 떠올리며
나는 절대 그런 말 내뱉을 일 없을 거다 했는데

웬걸, 비행기가 쿠바 땅을 떠오른 그 순간부터
그리움이 사무칩니다.
석양이 비치는 말라콘 해변에 서서
아바나는 헤어진 옛 애인을 만나는 것 같다던
그의 말도 필름처럼 지나갑니다.

나도 그 친구처럼
그리고 그처럼
아바나를, 쿠바를 그리워하는 또 다른 한 명이 되고 마네요.

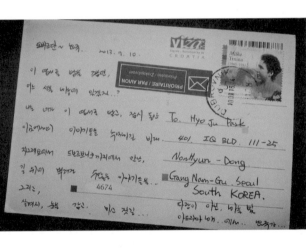

여행길에서는 수많은 사람을 만나게 됩니다.
길에서 만나는 여러 사람들의 모습을 바라보며
언제든지 내가 연기할 수 있는,
내가 연기하게 될 배역의 인물들이라고 생각하고
바라볼 때가 있어요.
그럴 때면 낯선 사람도 친밀하게 느껴지지요.

시장에서 소리치며 사람들을 모으는 생선가게 아주머니도
고급 호텔에서 우아하게 차를 마시는 아가씨도
관광객을 모아 사진을 찍고 돈을 받는 트랜스젠더 언니도

그들의 행동은 자연스레 나의 기억저장소에 담깁니다.

길에서 우연히 만나 대화를 나눴던 발레리나의 걸음걸이도
말할 때마다 킁킁거리는 소리를 내던 가이드 아저씨의 버릇도
매너 없는 식당 종업원의 삐죽거리던 입술모양도 말이죠.

불어로 '어머니'와 '바다'는 똑같이 '메어'로 발음해요.
한자 '바다 해'에는 '어미 모'가 쓰이죠.

누군가가 그런 이야기를 했어요.
인간의 태초의 바다는 어머니의 배 속이라고.

삶에 지치거나 혹은 마음이 복잡할 때 바다를 찾아가
넓은 바다를 바라보며 평온을 느끼게 되기도 하고
파도 소리를 들으며 위안을 얻기도 합니다.
불면증에 시달리는 어떤 밤에는 휴대폰 어플을 다운받아서라도
파도 소리를 들으며 잠을 청하기도 하죠.

그건 아마 바다가 엄마의 품과 같은 느낌을 주기 때문이라고
자주 생각해왔어요.

스무 살이 되자마자 독립했던 저는 집에 자주 찾아가지는 못했
어요. 가끔이라도 집에 가게 될 때면 엄마 옆에서 잠을 청하곤 했
죠. 그렇게라도 엄마와의 시간을 진하게 보내고 싶은 마음이었
던 것 같아요.

가끔 내 옆에 누워 잠든 엄마를 보면
'내가 이 작은 몸에서 태어났다고?'
하는 생각이 들 때가 종종 있어요.
살아가며 쉽게 잊어버리는
그 위대한 자연의 섭리가 느껴지는 기분이 묘합니다.

오늘도 잠든 엄마의 호흡을 들으며 잠을 청합니다.
들숨 날숨의 호흡 소리가 나에게는 파도 소리처럼 들려요.

엄마의 품 안에서 바다를 느끼고
바다를 바라보며 엄마를 떠올립니다.

「로맨스가 필요해」라는 드라마를 할 때였어요.
컨테이너 박스 대기실에 배우들이 삼삼오오 모여 누군가가 사온
귤을 먹으며 귤이 시다 달다 제철 과일이 좋다 등등 시시콜콜한
이야기를 시작하게 되었죠. 시간이 점점 흘러 작은 대기실 안에
새콤한 귤 향기가 가득해질 즈음 이야기가 자연스레 연기 고민에
대한 이야기로 흘러가게 되었어요.

한 선배가 말했어요.

"어제도 촬영을 하고 집으로 가는데 아, 그렇게밖에 못하나, 아까
거기서는 그런 감정이 아니었는데, 그 씬이 그렇게 연결되는 것
이 맞나? 하면서 가는 내내 아쉬워 죽겠는 거야. 근데 문득 기분
이 좋아지더라. 이 직업을 10년 넘게 하는데도 늘 부족한 이 마음
이 너무 매력적이지 않니?"

오랜 경력을 가지고 있고 연기도 끝내주게 잘하는 선배가 저 말
을 내뱉는데 나에게 두 가지 신선한 충격을 주었어요.
'아, 저런 분도 촬영을 끝내고 늘 부족함을 느끼는구나.'
그리고
'늘 부족한 이 마음이 너무 매력적이지 않니?'라는 말.

요즘 들어 그 선배가 한 말이 종종 떠오릅니다. 당근보다는 채찍
질이 익숙한 나여서 가끔은 지나치게 진지한 마음들이 버겁게 느
껴질 때가 있거든요.

마음에도 소화불량이 생겨요. 소화가 되지 않은 감정들을 마구 집어넣게 되면 지치게 되고 마음만 무거워집니다. 가끔은 있는 그대로 불완전한 나를 바라보며 소화시킬 수 있는 양의 마음을 갖는 것도 좋다는 생각이 들어요. 날씬한 마음도 갖고 싶으니까요.

선배와 이야기를 나누며 먹었던 귤 때문에 그날의 기억이 더 좋은지도 모르겠어요. 달기도 하고 시기도 해서 더욱 맛있었던 그 노란 귤 말이죠. 어쩌면 내가 걷는 이 길도, 달기도 하고 시기도 해서 더욱 매력적인 게 아닐까 해요. 작은 컨테이너 박스 대기실 안에 가득했던 노란 귤의 향기가 아직도 선명하게 느껴집니다.

건조한 것을 참 싫어해요.
입술이 건조해지는 것이 싫어서 립밤을 늘 핸드백 안에,
자주 입는 코트 주머니에, 손에 잡히기 쉬운 곳에 항상 두죠.
손이 건조해지는 것도 참지 못해서 핸드크림을 정말 자주 발라요.
방 안 온도를 체크할 때도 습도가 가장 중요하죠.
너무 건조한 방에선 잠을 이루기가 쉽지 않거든요.

마음도 그래요.
불안한 마음이 들 때면 상한 마음이 들 때면
마음이 너무 건조해져서 바스락 부서질 것 같아요.
그럴 때는 노래를 부르거나 그림을 그리거나
춤을 추거나 글을 쓰거나
초록의 자연을 바라보며 내 마음의 습도를 조절하죠.

물론 아름다운 것만으로 습도 조절을 한다고 생각하지 않아요.

살면서 거대한 슬픔을 맞닥뜨릴 때
눈물을 흘리는 것도 습도에 도움을 주죠.
땀 흘려 일했을 때 그 땀의 촉촉한 물기도 그렇고요.

삶에 있어 무척 중요한 것 중 하나가
마음의 습도를 유지하는 거라고 생각해요.

내 마음이 너무 건조해져서
바스락 부서지지 않도록 말이에요.

여행은 끊임없이 물어보고 대답하는
나와 나의 시간.

낯선 길을 걷지만 과거의 어떤 길과 닮기도 하였고
또 어느 날은 익숙한 길에 서서 낯선 인사를 하기도 하고

돌아보기도 하고
바라보기도 하고
잠시 서서 직시하기도 하고
걷고 말하고 기도하고

그러다 어느 길목에서
'바다색은 파랑이 아니라 하늘빛이야'
라고 말해주는 이를 만나면
낯선 이지만 아주 오랫동안 알고 있었던 사람인 것처럼
당신이 그리웠노라, 하는 눈빛으로 깊은 인사를 하고

그리고 걷고 또 걷고.

자연이 아름다운 크로아티아,

그 속에서 꽤나 많은 위로를 받았습니다.

나는 너와 함께 이곳을 꼭 다시 갈 거야
왜냐면 너는 내가 가장 사랑하는 사람이니까
내가 가장 아끼는 이곳을 너에게 보여주고 싶어
사랑하는 사람이 생기면 아름다운 것을 볼 때 맛있는 것을 먹을 때
그 사람이 제일 먼저 생각나는 법이래

이곳에서 바다가 연주를 해줘
어떤 멋진 설치 예술가가 바다 깊은 곳에 오르간을 설치해놨거든
그래서 바다가 연주하는 오르간 소리를 우리는 들을 수 있어
너무 근사하지 않니?

아름다운 소리가 날 것이라고 미리 생각은 하지마
네가 상상하는 것보다 거친 소리가 날 수도 있어
하지만 너는 금방 알 수 있을 거야

이 바다가 연주하는 소리는
인생에서 조금 서툴러도 상관없다고 말해주는 소리이고
바람이 부는 대로 파도가 부딪히는 대로 그냥 흘러가는 대로
그것을 받아들이고 그리고 흘려보내는 것이라고
우리에게 말해주는 소리라는 것을

너는 그 연주를 들으며 눈물을 흘릴지도 몰라
나는 그랬어
그 바다가 연주해주는 오르간 소리가 그때의 나를 치유해주었거든

그곳에서 연주를 듣기 가장 좋은 시간은 해가 지는 시간이야
많은 사람들이 바다가 연주해주는 오르간 소리를 들으며
그곳에 앉아 석양이 붉게 피어오르는 것을 바라보지

그러다 해가 지면 다 함께 박수를 쳐
각기 다른 나라에서 온 여행자들이 그곳에 모여 함께 박수를 치지
하나 됨을 느낄 수 있었어
살면서 겪어보지 못한 묘한 뭉클함이었어
지금도 생각하면 뭉클해지는

나는 너와 함께 이곳을 꼭 함께 갈 거야
내가 가장 사랑하는 바다 오르간을 너에게 보여줄 거야

보디체에 있는 작은 마을에 가게 되었습니다.
이곳은 차가 없는 마을로 유명한 곳이었죠.
이 마을에 사는 사람들은
차를 이용할 수 없어 불편함을 느낄 수는 있지만
그 대신 평화와 고요함을 가질 수 있다고 생각하며
살아간다고 합니다.

그곳에서 태어난 한 친구를 만났어요.
자그레브의 유명한 대학에 다닌다는 그녀는
방학 때마다 자신의 고향으로 돌아와
마을안내소에서 일을 하며 지낸다고 했어요.

우리는 '발전시킨다는 것'에 대해 이야기를 나눴고
나는 그녀에게 물었습니다.

"근사한 건물을 짓는다든가
편리함을 위해 무언가를 바꾼다든가, 그런 거 있잖아.
보통은 그런 것들을 발전시킨다고 생각하는데
넌 어떻게 생각해?"

"발전시킨다는 것은 더 높은 건물을 짓고
더 편한 생활을 하기 위해 바꾸는 것이 아니라
있는 그대로의 것을 지키는 거라고 생각해.
있는 그대로의 것을 지킨다는 것,
그건 참 소중한 거야."

스물다섯 살의 푸른 눈을 가진 그녀는 그렇게 대답했어요.
평화, 고요함, 사람들이 함께 지킨다는 서로의 단합.
'우리'라는 단어가 선명한 이곳.

폴짝 폴짝
경쾌한 발동작
동요 같은 멜로디에 몸을 실어 뛰다 보면
어린아이로 돌아가는 듯해요.

크로아티아, 흐르바츠카의 사람들
서로의 눈을 바라보고 두 손을 잡은 채
빙글빙글

온 세상이 빙글빙글
오직 그의 눈만이 선명할 뿐

천진난만한 어린아이의 미소를 닮은 나라.

하늘빛 눈을 가진 앨런,
그가 말했어요.
바다색은 파랑이 아니라고.
바다색은 하늘이 비친 색, 하늘빛 색이라고.

우리가 보는 태양의 색은 노랑이 아니라고 그는 말하네요.
하얀 그 빛이 우리 눈에 그렇게 보이는 것뿐이라고.

그리고 그는 티베트로 갈 거라고 말했어요.
왜냐고 물었죠.
마음이 가기 때문에 몸이 간다고 그는 말했어요.
몸은 단지 마음이 시키는 것에 움직인다고 말이죠.

그리고 그는 우리는 한 가족이라고 말했어요.
모두가 하나라고.

찌는 듯한 여름 태양.
그 눈부신 태양에게 얼굴을 맞대고 덩그러니 있다가
문득 그런 생각이 들었어요.

사람이 살아가는 데 필요한 것은
희망도 꿈도 용기도 아닌
망각.

그것만이 우리를 구원할 수 있는지도……

달콤한 망각
그것은 신이 우리에게 주신 선물인지도 몰라요.

우리가 만나는 그곳
서로가 만나는 그 지점
고요할 수 없는

자연이 알려주는 본보기

나 혼자만의 길은 유유히 고요할 수 있지만
너와 내가 만나 큰 바다로 향하기 전 그 지점이 이렇듯
우리의 지금은 급류 같은 것일지도 몰라

결국은 하나가 되기 위한 길이야

겁내지 않아

거리의 모든 열기가 식은 이 밤
공연이 끝난 한 배우는 텅 빈 무대를 바라보며
오늘 하루의 공연을 돌아봅니다.

하루를 마무리하는 나는
텅 빈 거리에 서서 오늘 나의 하루를 돌아봅니다.
마치 연극이 끝난 뒤 빈 무대처럼
이 거리는 막을 내린 듯 고요합니다.

그래야만 했던 순간들을 기억하는 것은 중요해

지금도 그래야만 하는 순간이구나 하고 받아들이기 위해서 말이지

매일을 기록하는 것이 위안이 되던 시절이 있었습니다.
단순히 하루를 정리하며 일기를 쓰는 것에 그치는 것이 아니라
꼭 기록을 해야 하루를 제대로 산 것 같은 위로를 얻던 시절이었죠.
깨달음을 주는 문장이라도 하나 완성해야
'내가 오늘 이것을 느꼈구나'
하고 안심하며 잠자리에 들곤 했어요.
누가 시킨 것도 아닌데 그래야만 했습니다.
왜인지는 지금도 모르겠어요.
아마 내가 느낀 감정들을 하나하나 기록하는 과정이
혹여나 무의미하게 보내버릴 수 있는 하루를
조금이라도 의미 있게 만들어주는 것만 같아
그것에 위안을 얻었나 봅니다.

약간의 강박을 가지며 기록을 하다 이제는 시간이 흘러
그것이 너무나 자연스러운 것이 되었습니다.
그렇게 쓰인 노트가 열 권이 되었네요.

소중한 것이 되어버린 기록의 작업은
글의 내용에 위로를 얻는 것도 있지만
이제는 그 시간 자체가 나에게 위로가 되는 듯합니다.
무언가를 쓰는 동안 나는 꽤 즐겁거든요.
좋아하는 차 한 잔을 마시며
방의 불빛을 조절하고 가끔은 초도 켜놓고
하루를 돌아보며 나를 마주하는 그 시간이.

한번은 드라마 사극 촬영을 할 때였어요. 흔히 말하는 신인 시절의 설움 같은 걸로 기억됩니다. 새벽부터 촬영장으로 네 시간 넘게 차를 타고 아침에 도착해 제일 먼저 분장을 끝내고 대기하고 있었어요. 그런데 시간이 지나도 제 차례는 오지 않았습니다. 오전 촬영이라 서둘러 왔는데 말이죠. 점심시간이 되었고 스케줄이 조금 바뀌었다며 점심을 먹으라고 합니다.

―배우는 기다림의 연속이라고 어떤 선배가 그랬어.

마음을 다독이며 점심을 먹고 찍게 될 그 한 씬을 계속해서 연습했죠. 사실 대사 한마디 없이 주인공 옆에 서 있는 씬이었어요. 그래도 연습을 하고 또 합니다.

하염없이 기다리다 보니 저녁이 되었고 그제야 촬영을 하게 되었습니다. 기다린 시간은 길었지만 촬영은 한 시간도 안 되어 끝이 났죠. 헛헛한 마음을 어쩔 수가 없더군요. 그래도 수고했다고 스스로를 다독이며 집에 갈 준비를 하려는데 갑자기 추가 씬이 있을지 모르니 기다리라고 조연출이 와서 이야기합니다. 한 씬을 더 찍을 수 있다는 기대감에 시키는 대로 기다렸죠.

어느새 깜깜한 밤이 되었어요. 잠을 쫓느라 몸도 지치고 마음도 지치기 시작합니다. 사실 기다리다 몸이 지치는 것은 괜찮았어요. 다만 '네가 하염없이 기다리는 건 우리와 상관없는 일이야' 혹은 '네가 그렇게 기다리는 건 당연한 거야'라는 듯한 촬영장 사람들의 태도가 마음을 지치게 했던 것 같아요. 그래도

―배우는 기다림의 연속이랬어. 그 선배가.

하며 마음을 또다시 가다듬었죠.

어느덧 새벽 네 시. 잠을 쫓으려 별 노력을 다했지만 도저히 눈꺼
풀이 자꾸 내려와 더는 버티지 못하고 결국 잠이 들고 맙니다. 눈
을 떠보니 아침이었어요. 깜짝 놀라 차에서 내려 현장으로 가봅
니다.

전날의 그 분주함은 온데간데없이 사라지고 고요함마저 느껴집
니다. 아무도 내게 연락을 주지 않고 촬영을 철수한 것이었어요.
뒤늦은 변명으로는 '가도 된다고 전달했는데 얘기 못 들었어?'라
는 내용뿐 그 누구도 사과 한마디 해주지 않았죠.

함께 현장에 나온 매니저 동생의 짜증 섞인 목소리가 더욱 마음
을 괴롭게 했는지도 몰라요. 그 친구도 짜증이 났겠지요. 다른 유
명 배우와 현장에 가면 겪지 않아도 될 상황을 나 때문에 겪게 되
는 거니까요. 참 미안하고 창피해졌습니다.

분장차도 떠나서 사극 촬영지에 있던 화장실에서 옷을 갈아입고
머리를 풀고 화장을 지웠습니다. 청소가 잘 안 되어 있던 화장실
이었어요. 아침인데도 역한 냄새가 진동을 합니다. 참았던 눈물
이 봇물처럼 터져 나왔지요. 그 냄새가 너무 역했고, 화장실 거울
에 비친 내 모습이 너무 초라해 보였습니다.

비단 그날 하루 때문에 울었던 건 아니었어요.

조금은 날카로운 말투를 가진 감독님이었던 걸로 기억하는데 그
감독님의 모진 말들을 감당하기엔 마음이 너무 연약했던 시절이
었고 현장에서는 늘 투명인간 취급받았던, 조금은 힘든 시절이었

다 보니 결국 그날은 참고 참았던 감정이 한꺼번에 복받쳐 올라왔지요. 더 전으로 돌아가 그동안 배우를 하기 위해 힘들었던 모든 시간들까지 더해져 엉엉 소리까지 내며 한참을 울었던 것 같아요.

차가운 물로 세수를 하고 나왔습니다. 날카로운 겨울바람이 물기가 아직 묻어 있는 내 얼굴을 얼얼하게 만들었지요. 정신이 바짝 들더군요.

그 순간,
귓가에 겨울바다의 파도 소리가 들려왔습니다. 아주 웅장하게 말이죠. 차로 돌아가야 했지만 발걸음을 돌려 바다로 향했어요. 남해의 거친 겨울 파도가 나를 삼킬 듯이 휘몰아쳤지요. 바다 가까이 다가가 그 거친 파도를 바라보았습니다.

문득 엄마가 떠올랐어요.
처음 배우를 한다고 했을 때 엄마는 반대를 했었죠.
그냥 내가 평범하게 살았으면 좋겠다는 말을 하시면서 말이죠.

"특별하게 살려고 배우 한다는 거 아니야."

엄마는 더 이상 아무 말씀이 없으셨어요. 간절히 원하는 작품 오디션에 떨어지거나 촬영장에서 힘든 일을 겪고 와 방에서 숨죽여 우는 딸에게 위로 섞인 말 한마디 하지 않으셨고, 찾아주는 작품이 없어서 반 백수 생활을 하며 방황하던 딸에게 그 흔한 잔소리 또한 하지 않았습니다. 대신 늘 단단한 눈으로 지켜봐주었죠.

그 눈은 나를 흔들리지 않게 만들었습니다. 무언의 어떤 믿음이
었어요. 엄마가 나를 믿어준다는 무언의 믿음.

그날의 거센 파도는 엄마의 눈을 생각나게 해주었습니다.
잔잔한 파도가 아니어서 다행이었고, 마음이 약해지지 않게
침묵으로 나를 바라봐주는 단단한 엄마여서 다행이었습니다.

더 이상 울고 싶은 마음이 사라졌습니다.
그제야 집으로 돌아가기 위해 발길을 돌립니다.

위로를 얻는 방법은 다양해요.

친한 사람과 대화 속에서 사람에게 위로를 받기도 하고
우연히 접하게 된 책의 한 문장에 위로를 받기도 하며
음악을 들으며 위로를 얻기도 하고
가끔은 술 한 잔에 취해 위로를 얻기도 합니다.

제가 위로를 제일 진하게 받을 때는 자연을 통해서인 것 같아요.

마음이 복잡해질 땐 산을 오르며
세상에서 겪은 시끄러운 소리를 차단하고
숲속의 소리를 들으며 마음의 평온을 얻습니다.
그러다 내려오는 길에
바위틈에 피어난 작은 꽃 한송이를 발견하면
너무나 반가워서 "고마워" 하고 인사를 하죠.
마음이 울적해지는 날엔 일부러 그늘이 없는 공원벤치에 누워
햇볕을 받으며 울적해진 마음이 보송해지길 기다리기도 해요.
거대한 바다 앞에서 작고 작은 나를 만나는 일도 반갑습니다.
그래서 선명해지는 생각들이 말이죠.

처음부터 그러지는 않았는데
한 살 두 살 나이를 더해가며 조금씩 그렇게 변했던 것 같아요.

사람에게 위로를 받기에는 사람에게 지치는 일이 너무 많았고
너무 마음이 지칠 때는 책 한 장을 읽어내기가 쉽지 않았으며
모든 소음을 차단하고 싶은 복잡함이 느껴질 때는

음악도 소음으로 들렸고
술 한 잔을 위로로 삼기에는
한 잔으로 끝날 것 같지가 않았습니다.

힘내라고 강요하지 않고
괜찮다며 어설픈 위로도 하지 않습니다.
그냥 오롯이 그 자리를 지키며 묵묵히 나를 바라봐주는 존재.

오늘도 나는 자연에게서 위로를 받습니다.

드라마 속 인물들을 연기하며 살다보니
깨닫게 되는 것이 있어요.
드라마 안에는 갈등이 꼭 존재하더라고요.
그 갈등이 증폭되어 혼란이 되고 고통스러운 상황들이 만들어지죠.
미니시리즈 드라마일 경우 10부, 11부 즈음이 되면
그 상황은 최고조에 다다르게 됩니다.
이 갈등의 폭이 깊어질수록 아이러니하게도
엔딩 시점의 감동은 깊어지게 되죠.

그 속의 인물을 연기하다 보면
어느 날 문득 현실의 내가 보입니다.

내 현실의 갈등들과 혼란들
물끄러미 그것들을 바라보다 그런 생각이 듭니다.

'이거 참 재밌는 드라마가 되겠군.
나는 지금 미니시리즈 9부쯤 와 있나?
아주 흥미진진하군.'

그러고는 좀 웃어봅니다. 그 갈등들 앞에서.

받아들이니 뒤엉켜 살아가려는 작은 용기도 생깁니다.
그 안에서 울고 웃고 화해하고 위로하고 그렇게 살아가는 것.

이왕이면 해피엔딩으로 감동 있게 끝내고 싶어요.

작품을 할 때 내 역할에만 집중하다 보면 시야가 좁아져서 작품 전체를 보지 못할 때가 있어요. 한번은 한 선배가 이렇게 말했죠.

"시험공부 하듯 답안지가 대본 안에 있을 것 같아 그것만 뚫어져라 볼 게 아니라 오히려 대본을 책상에 소리 나게 툭 던져봐. 그리고 너의 시선을 조금 거두어서 저 멀리서 대본을 바라봐. 그러면 또 다른 새로운 시야들이 생길 거야."

그 이후부터는 작품을 하며 답답해지거나 해결이 안 되는 부분이 생기면 일부러 대본을 덮고 걷는 버릇이 생겼습니다. 대본만 보고 있을 때보다는 갇혀 있던 생각들이 조금씩 나아지는 것 같기도 했고 조금 멀리 떨어져서 나의 인물을 바라보니 역할에만 집중하는 것에서 벗어나 작품 전체를 바라보는 눈이 생기는 것 같았죠.

여행도 나에게는 그런 것이었어요.
잠시 다른 시야를 갖게 해주는.
나에게 익숙한 어떤 공간에서 떠나
멀리서 나를 바라보는 작업.
그게 나에겐 여행이었어요.

꿈 많던 어린 시절을 그리며,
상트페테르부르크로 향했습니다.

몸과 마음이 조금은 지쳐 있었나봐요.
러시아로 향하는 비행기 안에서 울컥 하고 울음이 터져버렸어요.

어떤 선택의 길에서 헤매고 있을 때
뼛속까지 외로운 순간이 있어요.
어디로 가야할지 모르는 광야 한가운데에서
한 발자국 떼기마저 겁이 나는
꼼짝 못할 서러움이 있지요.

한치 앞도 알 수 없는 하루하루가 겁이 났습니다.
내 선택 뒤에 무슨 일이 일어날지 모르는 불안이 엄습해왔어요.
언제부터인가 선택에 뒤따르는 책임들 덕에
나는 조금씩 겁쟁이가 되어가고 있었나 봅니다.

눈을 감았고 울음이 터진 후라 그런지 바로 잠이 들어버렸죠.

꿈을 꿨어요.
꿈속의 소녀는 환한 미소를 지으며 걷고 있네요.
열다섯 살의 나로 돌아가 있었죠.
그 소녀의 미소가 참 반가워요.

중학교 시절 발레리나를 꿈꾸며 열정이 가득했던 그 아이.

엄마는 지금도 가끔 나에게 우스갯소리로 이런 이야기를 해요.
참 피곤한 아이였다고.
하고 싶은 것도 많고 겁도 없는 아이였다고.

어느 날은 "러시아에 있는 발레학교에 보내주세요."
또 어느 날은 "독일에 있는 이 학교가 훌륭하대요.
그곳으로 가야겠어요."
그렇게 늘 엄마를 당황하게 만드는.

조용했지만 당돌했고 늘 찬란한 꿈이 있었던 아이.
어디든 도전하고 부딪히고 겁내지 않았던.

나지막이 불러봅니다, 그때의 너를.
그 소녀가 나를 바라봅니다.
분명 열다섯 소녀인데 나를 바라보는 그 눈이 참 어른스러워요.
나를 바라보는 소녀의 눈이
나에게 이렇게 말하는 것 같아요.

"잊지마, 나를. 잃지마, 나를."

마린스키 극장 앞에서

어린 시절 그 소녀가 꿈꾸던 그곳에
지금의 내가 서 있다.

세인트피터즈버그, 첫째 날의 아침.

평소와는 달리 타의가 아닌 자의로 가볍게 눈을 뜨게 되었어요.
열 시간이 넘는 비행 후에도 몸의 상태가 가볍게 느껴지는 걸 보니
내가 이 도시를 얼마나 좋아하는지 몸이 말해주는 것 같았지요.

큼지막한 창문이 있는 이 방이 참 맘에 들어요.
창가에 앉아 이 도시의 아침 풍경을 바라봅니다.

마치 오래 떨어져 있던 연인들이 그리움 끝에 만나
서로의 얼굴을 깊게 바라보듯 이 거리를 바라봅니다.

빛바랜 건물들, 황량한 거리, 저마다 이야기를 가지고 있을 법한
거리의 한 부분 한 부분을.

낯설기만 했던 그 도시가
하루 이틀 지나다 보면 어느 순간 눈에 익은 건물들이 보이며
그 거리가 익숙해지는 순간이 있어요.

이 상점을 지나면 저 상점, 그리고 이곳, 그렇지! 하며……

그 느낌이 좋아요.
거리가, 건물이, 풍경이
머릿속에 마음속에 새겨지는 그 첫 순간이.

마치 좋아하는 사람과 데이트를 했을 때
처음으로 손을 잡게 되어 설레는 그 순간처럼
짜릿함이 있어요.
살며시 포개진 두 손의 온도만큼 따뜻함도 있고요.

긴 시간 동안 만나지 못했던 걸까요.
서로를 바라보며
너무나도 반갑게 포옹하는 한 커플이 눈에 들어왔어요.
깊게 바라보는 눈빛들이
서로를 끌어안는 두 팔이
서로의 얼굴을 쓰다듬는 손가락의 움직임이
그리고 달콤한 입맞춤이
그들이 얼마나 서로를 그리워했는지 느껴지게 했어요.

그 순간에 나는 왜 당신이 떠올랐을까요.
혼자 얼굴이 발개졌습니다.
이 광장에 있는 모든 사람에게 내 마음을 들킨 것처럼 말이죠.

숙소로 돌아오는 길, 미소를 짓습니다.
당신과 내가 만나는 날을 그려보며.

"이번 촬영은 해가 지면 무조건 그만하자."
"진짜죠? 약속한 거죠?"

감독님의 말을 철석같이 믿었던 나는
도착 후 그 말의 진실을 알게 되었습니다.

해가 지지 않는 곳.
도착시간이 새벽 3시였는데 해가 떠 있었고
이곳은 지금 백야의 시간이라는 걸.

날 속인 것이 재밌었는지 감독님은 계속 웃기만 했죠.
속아서 잠깐 약은 올랐지만 백야라는 시간이 마냥 신기해
속은 것도 금세 잊게 되고 이 마법 같은 시간에 빠지게 되었어요.

처음 며칠은 좀 어색했지만
해가 지지 않는다는 것이 너무나 매력적으로 다가왔어요.
백야의 시간에 조금씩 익숙해진 며칠 뒤
이곳에서 만난 한 친구가 더 매력적인 이야기를 해주었죠.

흑야.
이곳은 1년 중 반은 백야, 반은 흑야라는.
그리고 덧붙였습니다.

"러시아의 흑야를 맛보지 않고 고독에 대해서 말하지 말아요."

러시아 사람들에게 흑야 때 보드카와 애인은 필수라며
장난스런 말을 더하기도 했어요.
백야를 경험하며 더욱 나를 궁금하게 만드는 것은 흑야였어요.
24시간 내내 해가 뜨지 않는 어둠.
그 시간을 맛보고 싶은 마음은
어쩌면 그 시간을 담대하게 이겨내고 있는
나를 보고 싶은 것이었을까요.
아니면 그 친구가 고독에 대해 말하지 말라고 했던 말에
괜한 도전 의식이 생기는 걸까요.

숙소로 돌아와 해가 지지 않는 창밖을 바라보며
이런 생각을 했어요.
'내가 다시 이곳을 찾아온다면 꼭 흑야에 올 거야.
꼭 이곳의 흑야를 경험해 봐야지. 아! 보드카와 애인은 필수,
아니, 고독을 맛보려면 애인은 데리고 오지 말아야 하나?'
그러다가 또 '아니, 대체 무슨 고민을 하는 거야?'
하며 혼자 웃었습니다.

매력적인 백야와 흑야.
극과 극의 시간들.
그 속에서 살아가는 이곳 사람들.
내일이 궁금해 빨리 잠들고 싶어
암막 커튼을 힘차게 치고 침대에 누워 잠을 청합니다.

신은 이 도시를 사랑한 게 분명해요.

머리카락 한 올도 다치지 않게 하겠다던 성경 구절이
이 도시를 보며 떠올랐어요.

험난한 전쟁의 역사 속에서도 점령되지 않았다던 이 도시.
신의 따뜻한 손길이 느껴지는 이곳.

신은 이 도시를 사랑한 게 분명해요.

이곳에서는 우리끼리만 알아듣는
당신과 나만의 언어로 속삭이고 싶어요.

아니지, 속삭이지 말아요.
크게 소리 내서 말해도 되겠어요.
아무도 알아듣지 못할 테니.

타인들의 목소리는
우리가 낯선 곳에 있다는 것을 알려주는 소리일 뿐
심지어 음악소리처럼 들리기도 하네요.

이방인들의 사랑이야기.
오직 당신과 나.

(정말이지 도통 알아듣지 못하겠는 러시아어를 들으며
넵스키 거리의 한 카페에서)

시간이 흘러가며 만들어진 벽의 색들.
상처 나고, 벗겨지고, 흙 때가 묻고, 조금은 갈라진.

하지만
그래서 아름답다고
오히려 그것이 더 아름답다고
이 거리가 나에게 들려주는 것 같아요.

예술이 발달할 수밖에 없는 이곳.
그것은 단연코 슬픔을 안고 있기에 가능한 것이겠지요.
아픈 역사와 눈물의 흔적을 고스란히 껴안고 있는
건물들 틈 사이로 비춰지는 햇살이 더욱 내 마음을 위로해줍니다.

푸시킨의 아내가 그를 떠나지 않았다면
「삶이 그대를 속일지라도」가 쓰여졌을까요.

그동안 생채기 난 가슴을 직시하지 못하고
애써 모른 척 피하기만 하고 지냈던 나.
이 도시는 유난히도 나를 돌아보게 하네요.

푸시킨의 동상 앞에서 나는 힘껏 뛰어봅니다.

삶이 그대를 속일지라도 나는 뛰어오를 거라고.
중력의 그 무게를 뚫고 뛰어오를 거라고.

타인과의 관계
낯선 곳으로의 여행

이 둘은 묘하게 닮아 있음을 느껴요.
설렘에 관한 이야기가 아니에요.

나를 고집하면 그 어떤 것도 느낄 수 없다는 것
내 습관적인 생각들이 계속된다면
그 어떤 아름다운 풍경 앞에 있다 한들
그것은 아쉬움만 남기는 여행이 됩니다.

사람과의 관계도 그러하지 않을까요.
내 습관적인 생각과 방식이 계속된다면
그 아무리 아름다운 상대 앞에서라고 한들
온전한 관계를 이루기 쉽지 않은 것 같아요.

여행이라는 것
관계라는 것
묘하게 닮은 이 길을 오늘도 나는 걷습니다.

각 나라마다 도시의 랜드 마크가 존재합니다.
그 도시를 대표하는 얼굴 마담 같은 역할을 하기도 하고
여행자들에게는 길을 익힐 때 필요한 기준이 되기도 하죠.
그래서 눈에 잘 띄는 건축물들이 많아요.

중국에 잠깐 머물렀을 때
거대한 스케일을 느낄 수 있는
높디높고 뾰족한 랜드 마크 전망대 앞에서
문득 그런 생각을 했습니다.

랜드 마크라는 거 있잖아요.
가장 작고 낮으면 안 될까요?
스토리가 있고 역사가 있고 소중한 것이 숨어 있는
마치 그 도시의 보물을 찾듯 말이죠.

미세먼지 때문에 더욱 건조해보여서일까요.
회색빛 타워가 한없이 위태로워 보였습니다.

그냥 그 높디높은 랜드 마크 타워 앞에서
잠시 그런 생각을 해보았어요.
더 이상 많지 않고
            높지 않고
            크지 않고
적고 낮고 작은, 그런 것에 대하여.

배우의 매일은 뭐라고 생각해?
무용수는 매일 자신의 몸을 단련하고 연주자는 매일 자신의 악기를 연주하며 연습하잖아. 회사원도 그래. 매일 출근을 하며 일을 하지. 그럼 배우는? 우리는 매일 촬영장을 갈 수도 있지만 그렇지 못할 때도 있잖아. 평상시 배우는 어떤 매일매일을 살아야 할까?

하루는 문득 이런 생각에 사로잡혀 잠이 오지 않아 뒤척거리다 다른 배우들은 어떤 생각을 가지고 있을까 궁금해져 선후배들에게 메시지를 보내보았어요.

배우 1
저도 늘 고민하는 거예요. 일반적인 삶에 충실하면 내 존재가 없는 것 같고 작품이나 상황은 마음에 늘 부족하고 그래서 전 찾은 게 그냥 하루하루 제가 행복한 것! 그걸 찾아요.
(맞아. 너답다. 참 풍부하게 하루하루를 산다고 느꼈어.)

배우 2
우린 어쩔 수 없이 같은 고민을 연기자 생활이 끝날 때까지 할 듯. 우린 선택받아야 하는 사람들이니 그래도 또 뭔가 와주겠지 하는 믿음 하나로 내가 잡고 있는 동아줄이 아직은 튼튼하다고 믿는 수밖에 없더라고. 누구는 잡히지 않는 거라서 재미있다는데 대체 잡히지 않는 이게 뭐가 재미있다는 거니! ㅋㅋㅋ 아무튼 오늘도 견뎌보자. 이왕이면 잘!
(최근에 연기대상 받으셨잖아요. 그래도 같은 고민을 하는군요. 그래요. 이왕이면 잘! 견디기!!)

배우 3

하루하루 나에게 주어진 상황, 느껴지는 감정에 집중해서 간직하고 메모리하는 그런 거 아닐까? 답장을 쓰다 보니 참 피곤한 직업이다.

(맞어…… 가끔은 피곤하기도 해. 나도 그래 언니.)

배우 4

…………

(그래요, 오빠. 서핑이나 하러 갑시다.)

배우 5

여기에는 정답이 없는 것 같아. 배우이길 믿고 싶은 건지 배우였음 하는 건지…… 작업할 때는 배우, 아닐 때는 그냥 실직자 백수 알바생 등등. 그러면서도 계속 배우를 꿈꾸는 몽상가일 수도.

(내 동생, 소주 한잔 사줘야겠구나……)

배우 6

배우의 매일…… 일을 안 하고 연기를 직접적으로 하지 않아도 본인 스스로 예술적인 감흥을 느끼고 조절할 수 있도록 훈련하고 있다면 그것이야말로 알찬 배우의 매일이 아닐까요? 라고 간단히 요약하여 말씀드려봅니다^^

(역시 늘 소화할 수 있게 날씬하게 말해주십니다! 감사해요^^)

배우 7

나는 요즘 언니, 나는 무용수이고 연주자이고 여성이고 인간이라는 생각을 하오... 매일 나의 몸, 나의 소리를 신경 쓰며 깨고 자야 한다라는 걸 느낀 지 얼마 안 된 것 같아 부끄럽게도. 평상시의 배우는 내가 배우임을 잊지 않는 매일을 살아야 한다 생각하는 오늘의 정의. 이 밤의 생각할 시간 고마워 언니.
(내가 더 고마워. 그대를 기대해. 응원해 늘.)

같은 답은 아니었지만 모두가 정답이었어요. 그리고 정답이 아니어도 상관이 없었습니다. 오히려 답보다는 나의 질문에 대답해주는 동료들에 대해서 생각하는 시간으로 옮겨졌거든요. 그날 밤 진한 뭉클함이 느껴졌어요.

'우리'
같은 고민을 하고 같은 길을 걷고 있구나.

긴 여행을 마치고 집으로 돌아왔을 때
늘 익숙해서 소중함을 몰랐던 것들이
새삼스레 반갑게 느껴질 때가 있어요.
내가 여행을 좋아하는 또 하나의 이유지요.
아주 소소한 것도 달라 보여요.

신발장에 가지런히 놓인 신발
전기밥솥에 두 손 갖다 대면 느껴지는 따스함
세탁실에서 풍기는 세제 향기
나를 감싸주는 이불의 포근함

익숙한 것이 소중해지는 이 순간.

스물셋의 일기부터 서른둘의 일기까지, 빠진 해도 있었지만 10년 치의 일기를 읽었어요. 스물일곱 때 쓴 일기장에 적어두었던 한 부분이 눈에 들어왔어요. 故 김대중 전 대통령의 잠언집 중 한 부분을 메모해둔 것이었죠.

'인생이란 어떤 의미에서는 자기 자신의 토론과 설득과 결심의 인생이며 새 출발을 거듭하는 일생이다.'

스물일곱의 그녀와 서른일곱의 그녀는 이 글귀 앞에 나란히 서 있네요.

반복할 수밖에 없는 나에게 실망하고 화내고 미워하다 또 나에게 다시 용기를 주며 이겨내려 해보고 그러다 또다시 실망하고 또다시 다짐하고, 그렇게 숨 가쁘게 느껴졌던 그 시간들을 저 글귀 앞에서 오늘은 잔잔한 시선으로 돌아보게 됩니다.

시간들이 차곡차곡 쌓여 거듭되며 새겨진 흔적들을 돌아보며 오늘은 나에게 나지막이 '수고했어'라고 말해주고 싶습니다.

머리 위로 바람이 불어와 눈을 들어 하늘을 바라봅니다. 어느새 봄이 찾아왔고 앞으로의 계절들을 맞이할 준비가 되어 있음을 느낍니다. 조금은 단단해진 나를 돌아보며 숨을 크게 한 번 쉬어 봅니다.

"나는 네가 여행을 다니며 짧게라도 메모를 많이 했으면 좋겠어" 하고 이 작업에 시동을 걸어준 나의 보스 영일 대표님, 나의 글 작업을 의미 있게 바라봐주고 응원해주며 자신의 일처럼 기뻐하고 도와주었던 권선영 원장님, 쿠바 여행에서 좋은 사진 찍어준 조은진 언니, 늘 감사해요.

여행 프로젝트를 마련해준 인디컴의 김태영 감독님, 조진 감독님, 김성열 감독님, 장상일 감독님, 「SBS 모닝와이드」의 윤정주 감독님, 이재경 감독님, 오창학 감독님 그리고 함께 여행한 김현정, 김노아에게도 감사를 전합니다.

그리고 이 책이 나오기까지 봄 여름 가을 겨울 계절마다 함께했던 소중한 인연 오픈하우스 이민정 팀장님.

참 소중합니다. 감사해요.

마지막으로
사랑하는 나의 가족들,
책을 준비하면서 태어난 나의 사랑스러운 딸 한나와
나의 사랑
나의 연인
나의 여행 벤자민에게 깊은 감사와 사랑을 전합니다.

without God life make no sense

박효주

너도 그러니? 나도 그래

초판 1쇄 인쇄   2018년 3월 15일
초판 1쇄 발행   2018년 3월 22일

지은이   박효주
펴낸이   정상우
편집   이민정
디자인   옥영현
관리   김정숙
장소 제공   인디컴 SBS 모닝와이드

펴낸곳   오픈하우스
출판등록   2007년 11월 29일(제13-237호)
주소   서울시 마포구 동교로13길 34(04003)
전화번호   02-333-3705
팩스   02-333-3745

facebook.com/openhouse.kr
instagram.com/openhousebooks

ISBN 979-11-88285-33-4 03800

이 도서의 국립중앙도서관 출판예정도서목록(CIP)은 서지정보유
통지원시스템 홈페이지(http://seoji.nl.go.kr)와 국가자료공동목
록시스템(http://www.nl.go.kr/kolisnet)에서 이용하실 수 있습니
다.(CIP제어번호: CIP2018007888)